时间从不留下倒影

Time never leaves a reflection

哈岩凌 著

北方联合出版传媒（集团）股份有限公司
春风文艺出版社
·沈阳·

流逝的美
仿佛都有一种默契

U0721656

读哈岩凌的诗与画

周　涛

　　她说，她十八岁的时候就认识我了。这么说就已经有近三十年了，但是见面不会有三十次，并且了解不多。

　　她很少说话，声音也很小，一直觉得她像是一个早期的朴素粉丝，看到偶像就行了。

　　谁知道这个低调的丫头暗藏着那么强烈的艺术创作之心呢？这说明这个世界上没有什么无缘无故地出现是吧？这些年来，似乎从未见过哈岩凌发表过什么诗，更不知道人家是美术系毕业的，会画画。

　　三十年与世无争，默默无闻，守护着自己喜欢的一方净土，种草养花，从不出售，孤芳自赏。这是什么精神呢？这是不是一种更自然的艺术追求呢？我看是。这正是艺术的本来面目，一个不被世俗的各种利益蒙蔽的纯真状态。

　　我读她的诗，比朦胧诗更朦朦胧胧，但是很纯很美，只当是一个人的心语，一个人的独白，不是所有的人都可以领会，只有同类人产生共鸣。

我更喜欢她的画作，有些黑白版画的感觉，描绘南疆的、喀什噶尔的风景人物，深得其味。我很少看到这样深入灵魂的画作，为之大吃一惊。

原来这个不爱发声的丫头，一直在摸着石头过河，一直在黑暗中走过了三十年！

目　录

3

总有些日子

总有些日子

不属于自己

如一位陌生的旅人

面对熟悉的风景

只需一枚邮票

便把自己装好

颜色很多

却没有适合的感觉

不在预想之中描绘我

采摘黄叶的时候

真情易露

友人的微笑和情人的眼泪

使我在平淡的光阴里

富贵一生

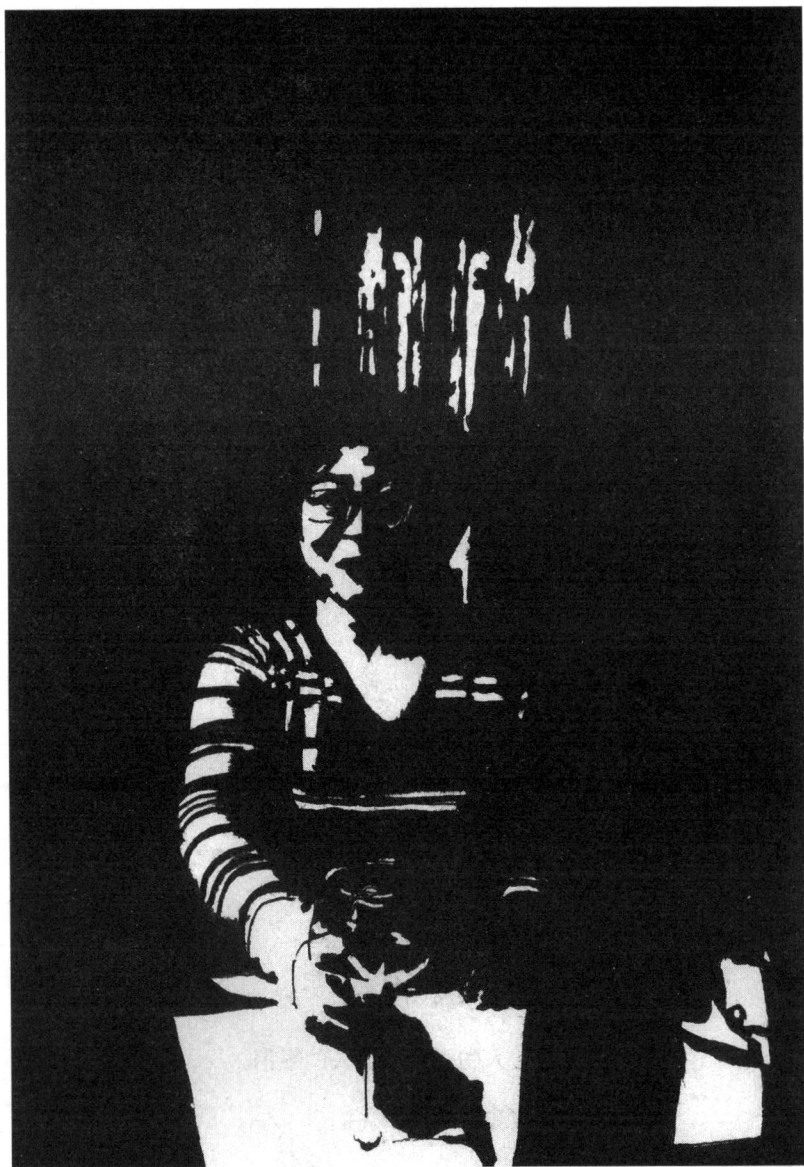

△本书所有配图均为作者手绘创作

突来的秋

我习惯对一朵花说话

错误的言辞

常使它们委屈

从一树开成片叶

赞美的意义

是得来的芬芳

染上了爱的颜色

它们遍地的自信

初秋的拂晓

是热恋后的空荡

连根拔起的

远不止一粒种子

花心总在风雨后

它掩藏的悲伤

细细辨认

珍贵无比

负重的咖啡

黄昏的瓷

还有悬浮中的一抹光

隐匿的部分

是无尽的堆聚

吹皱一汪黑咖啡

一百个受羁的影子

如果叹息比肉体先进入灵魂

请在这内敛的杯中

留些微痛

作为更深的黑吧

服侍的烛影中

有弯曲的乡愁和劣质的爱情

攫握的杯盏

感官的游戏即将结束

音乐从繁密中渐渐跌落

蒲公英轻浮的飞絮

在宛若异邦的城堡

陡然沉默

一杯黑咖啡

真情被粗糙地过滤

受惊的谎言

在第六个指间

你的双眼滚烫

以陌生的力量撞击迎面的微笑

你啊　也曾疲惫地拥有

一个人的花园和闪光的秘境

以八月的芬芳

致敬二月的操劳

你是杯中的形影

深渊里渐生暗香

这是一个充满光的纬度

滚动过夕阳又将北斗高挂

在喁喁细语的醺然中

我看到绵延不绝的等待

往 事

把思念揉成灯捻

在漆黑的墙壁

在潮湿的梦里

忽明忽暗

能找到的

是蛛丝马迹的结束

我看见扬长而去的我

看见曾经丢失的谎言

还有吱吱作响的门外

急促的敲门声

那时　结伴而来的不只是人群

还有风

因为方向

我常忽略它的温度

我一向睡在自己的怀抱

在陶醉中

在辽阔的寂静里

从远处聆听

封缄了所有的嘴

拉合尔的老街

1

落入弦歌的意外

是一束娇艳的花

开在不堪的自行车上

喜悦的光

如你所料

我不能怀疑

深化肯定生命的人

总能创造幸福的景致

像走向远方的节日

是骑者遗失的青春

年迈的老人

身穿一件惨白的旧袍

在光阴的藤蔓中

细瘦地紧握

我看见自己站在骄阳下

看见玫瑰一样的少女

正在花园

我的心掠过一丝湿潮

里面潺潺

2

有一种热望在这里弥漫

燃烧的天空

黄昏

被卷进火焰

人群像一片迷惘的海

在夜的小时里

缓缓流动

灯影中

脆弱的风流韵事

无损于真正的依恋

旁遮普的男人都爱孩子

他们的妻子

有童真般的美

在遍地的美食摊前

纱丽上的花

若隐若现

3

弥散的香气

是成片地凝结

透过偶然吹来的凉

一只手捏紧了鼻尖

延迟的街灯

一闪一亮

红尘中的生命

一腔一调

我陌生地穿行

不是受惠于生活

而是畏惧于生存

逃过光的追逐

遁入黑暗的街巷

莽撞与某人相遇

彼此说声

晚安

拉合尔：巴基斯坦第二大城市，也是该国文化和艺术中心。位
于印度河上游平原，为旁遮普省省会，被称为"巴基斯坦的心
灵"。市内保留了大量莫卧儿王朝时期的精美建筑，是世界著
名的历史文化古城。

羁绊的初冬

羁绊的初冬

在黄昏的雾和魔术的光之间开始

出乎预料的大雨

像激情勃发的种子

列队空降

种在心里的

是湿漉漉的往事

泪的隐秘和笑的堂奥

在急促的拍打中

浪花四溅

一株战栗的玫瑰

上气不接下气

在孤零零的园中

掩埋昨日的骄傲

合掌捂面

知足

是难以逾越的障碍

生活的场景

远比这场雨

冷若冰霜

穿过漆黑的夜

我揭去眼上的遮罩

在微不足道的舞台

自问自答

如果可以

我愿默不作声

今夜迥然不同

爱是颤抖

恨是缄默

锡亚尔科特的夜

1

锡亚尔科特的夜

被匿名的热浪打翻

蒙水汽的屋内

香料翻滚

德维吉娅黝黑的脸

挂满了折叠的脂粉

在煮茶的灶边

一片片漾开

德维吉娅有长长的睫毛

还有艾克纳拉河水般的双眼

她钟情的手势

就是递你一杯奶茶

人们总是这样赞美她

也赞美奶茶的醇香

旁遮普的女人

一生蒙福在男人的肯定中

2

阴影里

逆光的壁虎爬满整一面墙

专制的夏夜

耗尽空气般的浑浊

攀附的趾间

有不解码的欢乐

在弥散的疣鳞上

在纵置的瞳孔间

暧昧的腥腻

由远及近

一只壁虎

以为我要伤害它

舔掉灰尘的长舌

欲言又止

颤抖的尾部

像久经沙场

沉湎的生命啊

笼罩在衰败的魅惑中

在捉襟的白日

梦见自己永恒

3

闪烁临近预感的夜空

开始有了柔滑

坠落的影子

复原着一个人一个愿望

死去的花蕊

虚晃地摇摆

馥郁的花香

是最后的芬芳

锡亚尔科特的夜

击退溃败的焦躁

在梨树与葡萄树的静默中

坚硬地忧郁

锡亚尔科特：巴基斯坦旁遮普省东北部的一座古城。地理位置
在艾克纳拉河以北，以生产和出口手术器械、乐器、体育用
品、皮革等闻名于世，足球产量占世界足球生产总量的70%。

21

在瓦嘎看降旗仪式表演

我愿为你勾画瓦嘎的风景

用盲从的尖叫

和饱含荷尔蒙的青春

用高大俊朗的守卫

和极限的呐喊

用等待神圣时刻的

那一分

这一秒

瓦嘎只是一个小镇

是一片土地上的两扇门

一个在外

一个在内

是沉重的两个砣

在一杆秤上

一头轻

一头重

高耸的城楼

待命的表演

那边是人声

这边是鼎沸

原是亲如姐妹的家人

却如世界与面容

何等地排斥

罕有地相像

一个仰望恒河

看见百年的疮痍

一个低眉流水

想起无计可施

恒河的一对儿女啊

在夸张的表演中

遮掩互不相认的羞怯

在单调的重复中

秘喧命运的无奈

瓦嘎：印巴边境口岸，距离巴基斯坦拉合尔市17公里，距离
印度阿姆利则市18公里。瓦嘎的"降旗"仪式堪称世界奇观。
整个降旗仪式一般持续约45分钟。

时间从不留下倒影

在峭壁的悬崖古镇

一棵粗壮的树

足以打破彼岸的沉默

阴郁的地中海

像苦难陆地间挤压出的

一汪泪

西迪布萨义德

是散逸着白屋蓝窗的安达卢西亚

从伊比利亚半岛告别

你已学会忘却

窝卷在窗棂的藤蔓

是从未离弃的缠绵

西迪布萨义德

是爸爸的港口

是斯芬克斯是福柯也是卡夫拉

朝露作别的房间

流逝的美

仿佛都有一种默契

而我

怎会如此悲伤

在龙舌兰和仙人掌开遍的迷幻中

灿烂的美

仿佛都是剧场上的装置

时间从不留下倒影

西迪布萨义德

是隐藏在异邦乔装的脸

无论怎样地掩埋

那渺不可见的苦难

都被辽阔的入口触及

西迪布萨义德：位于北非突尼斯首都突尼斯城东北部，始建于
13世纪，也被称为"落日小镇"，因它坐落在地中海边的悬崖
峭壁上，房屋只有两种颜色，白墙蓝门窗。小镇是突尼斯面对
欧洲的门户之一，也是世界艺术家云集之处。

别　离

相知与别离

是沉默中的影像

她的声音克制

泪水潺潺

你曾听到

嗒嗒的马蹄声

是整整一个秋天的

歌声与等待

为怎样的话语

我的血液被染成黑色

在从未绚烂的植物前

静候花开

幻化的白昼

总有坚硬的事物

蓝色笼罩的天空

温柔静卧

走出黄昏与海岸

我从无定中升起

越过条条小巷

浩大的命运将我包围

闭上双眼

海围绕着海

在我的孤岛

千帆驶过

瓦拉纳西的正午

荒野中的城

在夜晚燃烧

故居成为他乡

扔在别处

世界只是一个渡口

从此岸到彼岸

瓦拉纳西的船票

是翻飞的符咒

洪流之下

是湿婆的孽

梵的众相

被一条河拥抱

去蔽的狂欢

是恒河的初阳

生命是沐浴

死亡是灰烬

凋零的花朵

是昨夜的流浪

船头的乌鸦

盘腿而坐

瓦拉纳西的正午

被死者的火焰举起

死亡光明正大

死亡苍茫飞去

瓦拉纳西：又称"贝纳勒斯"，印度教圣地、著名历史古城。
位于印度北方邦东南部，坐落在恒河新月形曲流段左岸，该市
有各式庙宇1500座以上及众多名胜古迹。

恒河之夜

余晖走向暮色

我走向你

在场的诸神

世俗的彼岸

一切都在摇摇欲坠

湿婆神殿开着西药铺

排遣自己

也取乐着一头牛

我的喉咙藏匿的那张唱片

高踞在湿漉漉的神龛

是终结还是驿站

是碎片还是在场的集合

我浅薄的绝望

在解构的途中

依次复活

把脸隐遁在黑暗中

明察秋毫

大师们个个衣衫褴褛

郁郁寡欢

那形而上的污垢

攀附在嶙峋的身上

睡去是永恒

醒来是投生

在舞蹈翻飞的圣城

我们假象的爱怜

其实

早已被人取笑

阳光涨满的时刻

阴影

在我的面孔生出一棵树的姿态

双眸是黑亮的果实

是八月早熟的椰枣

你说

生命是尴尬的力量

在时间里

在流逝中

云从高处跌落

不是星雨

是片海

是波斯湾白色的帆

阳光涨满的时刻

我多想向你讲述

什么是一个夏日的沉静

什么是岸边一个傍晚的芬芳

和我一起走吧

许多来自画面的人和事

在无法说服的风景中

秘密地打着暗语

月映的世界

是古时的夜

在你看清我的浮雕中

目光是缕缕的丝线

倘若你在徘徊

就把蜡烛熄灭

真正的舵手

总在暮色苍茫的大海

弗拉门戈之夜

我还不曾感受

黑暗中的惊骇

莫萨拉布圣咏的苍凉

击溃轻率的嘲讽

需要的是爱情

不是洗礼

盖塔风袋管里

往事燃烧

若要摆脱绝望的狱墙

请握紧拳头

展臂的百褶裙裾

响板敲击得发抖

假如不赞美今天

那就歌唱昨天

赤红的双唇上

故事翻飞

挺胸摇胯的弗拉门戈

从德里从大马士革从格拉纳达

从戈雅从毕加索从达利

以宽广的渴望

照亮了南方

弗拉门戈的光芒

砸碎你的凝重

让憎恨自由高歌吧

我们习惯向夜晚泄密

弗拉门戈的世界

潮水鲜活

梦境走在梦境

寂寞靠着寂寞

戛然停止的铁鞋声后

吉卜赛舞者

在褪尽的金色中

眉宇庄严

弗拉门戈：起源于西班牙南部安达卢西亚地区，包含了各种元
素，诸如舞蹈、歌唱、器乐等艺术形式，也是西班牙多民族文
化的集合。2010年，弗拉门戈被联合国教科文组织确认为人类
非物质文化遗产。

兵 马 俑

1

仰望或者俯视

我们都在深渊的底部

列队徐行的坚守

是风暴轰鸣的青春

避开烽火狼烟

困窘　是阴影中的缄默

此处天子脚下

此处地狱天堂

你是车轮是诅咒

是隐秘的胜利簌簌的落荒

庇护的千年

是分秒的今夜

你放肆地睡去

甩了胳膊扔了腿

在疲于飞翔的梦中

隐匿真身

一个思想是一群头颅

你将奔跑留给时间

用沉默挥舞着金戈

用藐视宣布着结束

蒙恩的智者

用冷敷治疗伤口

在高烧不退的大秦

孑然一身

光的微醺

使憔悴的事物变得庄严

说是奇迹的险象

丛生着遍地的死亡

2

这忠告不过是个幻影

灾难未临　警钟不鸣

责难的人

总在悲伤中学会成长

困惑的黑暗

是从光阴的脚下

掘出的一把把黄土

被塑的陶俑

正是死亡的模样

在活人城与死人城中

在无神论和信教者间

浩荡与虚无

哭天号地

默念祷词的人是我

诅咒丢兵卸甲的是我

晨来梦醒

云雾般的光

低声细语

我的亲人

一个一个离去

不是饥饿亡于自由

不是病毒亡于刀剑

在泪水织就的面罩中

以苦难换来真理

这是千年的密室

威仪的城池

是坍塌的天堂

也是弃你离去的此刻

骊山，悬在冥想的草坡

北麓的骊山

认出了下河村的你

西来的诸侯

驱马归队

浸血的缰绳

八十万的生灵

细瘦的渭水

浣洗着六合的白纱

你一定恐惧

三十八年的昼夜

那些渣滓构成的魂灵

面目狰狞

孤零零的墓冢

你夹在凝重的绿

与羁绊的界

左右为难

百川江河

水银护驾

长烛不熄

人脂助燃

嗒嗒的马蹄

萧萧的陵园

起身辨认的亡人

翻挖一地的废墟

集合　集合　集合

解散　解散　解散

没有翅膀的黑暗

倒在光的积尘之上

枯萎的马鞍

白玉发亮

它默示的力量

行如波澜

被你威胁的

还有遍地的石榴

无叶的归顺

一身的清透

悬在骊山的冥想

是眼前的顽石

有谁站在身后

迷恋归途

东巡的沙丘

挥泪的天涯

是癫痫是高烧的谵妄

是阴谋是注定的蹊跷

赤金的王冠

剑眉星目

你正恢宏地死去

我正徒然地睡醒

边走边唱

如果一次病变

能使我走出这间房子

我便不再留恋

花红柳绿的过去

往事像个不谙世事的孩子

在远远地长大

长大的爱情

却依旧像个孩子

随意哭泣

随意高兴

当一切如潮涌时

最初的冲动

已无踪无影

我不能说生命

于我这样无奈

暮年时的悲哀随同

沉淀的情感

——放逐

——收敛

我确信我没出生的时候

已在母亲华丽的子宫里

学会了察言观色

学会了忍辱负重

生活将我追赶到尘世

已是精疲力竭

用不到半辈子的时间

完成量变质变

没有边际的黑夜

像我最初走进母体中

一样地忐忑不安

一样地充满好奇

黑 风 景

那好吧　什么也不说

把手压在脑后

墨黑的手表像一只眼

眨动

斑驳的屋顶

是块沾满汗迹的白布

多年不见的一只蜘蛛

正从墙角爬出

爱情是张网

是黑色电话盘上

白色的阿拉伯数字

有规律地组合

无规律地解散

让梦的眼睛假寐不寐

让思想变换姿势地躺下

红色的窗帘上

绿叶闪动

我爱 你举起的油灯

灯光落在你身上

而我

留在后面的阴影中

怎样的生命

涉世之初

一颗心光明而又博大

在无人的黑夜

流着青春的汗水

我只在梦想的独奏中

在月光如织的小路

满载童话般

妩媚的明天

还能奢望什么

我只有感激生命

在起伏的刹那

云蒸霞蔚

总想那里藏着柔美的梦

罕见的风景

彼岸的边界

还有被仰望的星空

盘旋的惆怅

是被启示的意外

一千次地追问

也是无法确定的隐匿

生活是个智者

沉埋一切易逝的事物

恍惚之间

疲惫于春秋

当阳光如滴

透过群林

当所有的芬芳消失殆尽

生命

连本带利

走掉的不仅是这些岁月

还有空气

水　阳光和自由

我这一生的奔波

好像只为它们存在

恰如我在

寂静

是今晚的疼痛

在黑暗的窗棂

在低垂的玫瑰

隐秘的想象

恹恹欲睡

在水的逃逸中

在月的谎言中

城已融化

醉我的　是罂粟的幽迷

内在的争斗

全然被花朵覆盖

女人的一本书

沉重而又古老

凝固的光

吃力地幸福

泪花闪烁

开遍了梦的真境

她深藏的偏爱

是臂弯里的一泓

在囹圄的彷徨中

一个人在沉浸

青绿的晦涩

从未将他淹没

那是大千中的辽阔

烟火人间

从容不乱

深情不腻

我将向你问好

——读友人之书《汉字原形本义之观感》

所有出走的字迹

都已逃离意义

我当向你确定一切

我当始终只是意外

一旦光阴垂落

感官得胜

向每一个字屈服吧

那旋转千年的身形

我有许多身穿片甲的兄弟

从西周到大秦

从汉魏到晋唐

在王的日子

坐拥高贵的血统

还有远方的情人们

在红海在两河

在忧郁的地中海

黄昏之后

甜蜜而厌倦

此刻

我在谈论你的跋涉

赤身的肉体

浅睡倾听

也坦露你的背叛

渊深的门前

辨不清方向

哀伤蒙尘

常常

我觉着自己是个孩子

在奥海米尔的土丘

在商贾云集的安阳

在最美的传说

极速地衰老

爱人啊

假如你带着最美的应允

请在柔婉的梦里

把我唤醒

我将向你问好

把疲惫的攀缘之苦

轻悄地赶走

在误解的深夜

悬垂最后的玫瑰

单峰的驼

山羊群移动着

帐幕与褡裢

一半在撒哈拉

一半在地中海

音乐与诗歌

就像黑麦和油橄榄

在毛里塔尼亚在西班牙在利比亚

在摩洛哥在阿尔及利亚在埃及还有布基纳法索

在贫穷的胜利里

谁是主人

你曾是客人在我的营帐

腓尼基人希腊人罗马人还有汪达尔人和阿兰人

拜占庭奥斯曼法兰西还有他的邻居西班牙

英雄的旗帜插在了主人的屋顶

历史的合唱

像抛入夜空的星斗

撒哈拉的王者

在每一个黄昏走进大地的心脏

在布拉黑吉亚般的小屋

穿越最近与无尽

那是多么辉煌的时刻

在阿尔摩拉维还是阿尔摩哈德

在安达卢斯

在遥想的城

更多事物的痕迹

甚至大漠中炙热的风

都在无法痊愈的皴裂中

狠狠划过

当我在一个正午

撩拨你华丽的裙裾

无垠的远方

正离我而去

还得多少时日

才能遗忘追赶的羞耻

在苦难的撒哈拉

我是一匹单峰的驼

夜的等待

需要的是一杯水 静静地

在指尖流动

讲也讲不完的情愫

正从窗棂渗出

让身体蜷曲成一条

可以冬眠的蛇

倾听夜的钟摆

远古的军队啊

正踏着鼓点向我走来

饥饿的肚子

打着信号

在我的双腿间

走来走去

等待中的鲜花啊

开始枯萎

等待中的爱情啊

还正蹒跚学步

没有爱人的目光

1

前行的道路张扬伸展

路边的风景随处可叹

没有爱人的目光

这路一样要到尽头

旁屋的嘈杂惊扰四邻

还有你不安的心情

在纷繁尘世奔波

冷落的不仅仅是眼睛

我的爱情开满了被窝

里面有着青春的气息

在无人看到的黑夜

独立绽放

2

有谁能够逃离

这七月的水仙

在你驻足的路旁

匍匐一地

我们歌唱的爱情

金黄一眼

在秋收到来前

请备好镰刀以及微笑

3

当黑色的眼睛睡醒时

我看到一脸憔悴的你

在离家不远的地方

茫然张望

忧郁的爱人啊

你的头发已经枯黄

高昂的头颅

正滴着清晨的露珠

4

你能为我喝彩吗

在没有观众的舞台上

我已卸妆凝望

儿时的背景一幕一幕

我们不该拒绝

这蓬勃的生命

在不经意的相遇中

落地开花

没人看到的爱情

把爱情释放

像吐了一口沉重的气

在流溢的幸福中

步履艰难

爱情在远方

在她的千呼万唤的呢喃中

挥一挥手便能触摸的

爱人　也在远方

爱人　是一张陈年的照片

遥远而亲切

把思念灌进等待的铃声中

把心情酝酿成傍晚的天空

爱人　你在哪里

我习惯倾听冬天的寂静

没有人走过的雪野

一半迷茫　一半真实

几小时前我伫立窗口

看到天空漆黑纯净

看到几缕轻烟正从远处升起

爱人　我在哪里

没有人理解的冬天

漫长　寒冷　短暂　温暖

在一次次的呻吟后

在一次次的嘶喊中

生命像一块磨刀石

替生命本身磨砺着光芒

行走于风中

让单薄的激情举过头顶

让头发飘扬起来

让爱情成熟起来

爱人　我们在哪里

许多年没人看到的爱情

正恣意生长

正漫过眼睛

爱人　我所能触及的

仅是那无人走过的荒野

在远处　自由疯长

自由荒芜

一剂良药

我有着对我有益的事物

不要以为它们从来没有

你盲目的自信

处处是火焰的深渊

没有别的

一泓心不在焉的水里

倒映着最后的肉身

不再属于我

沉重的土壤

种满了悲伤

生根的果实

互相逃离

拉长的夜

渐缓地衰老

属于我的时辰

星星落在异乡

你开始感觉

一件两件数十件

全然陌生的过往

碾出了尽头

我在曾经的一切夜里祷告

把哭泣放在无法辨认的衣褶

我制造一物

是所有疼痛者的一剂良药

对我有益的事物

像穿过针眼的线

在死灰复燃前

缝制着所有的伤疤

旋转的孔亚

我们颤抖成为落叶

骤然摆脱　澄清存在

在旋转的奇异里

我听到许多声音的撞击

土黄色的高帽

在暗哑的暗中单纯地变换

一束光沉入一群人中央

黑袍被镶上了金边

尊严的白衣愈发闪亮

孔亚的夜

被鼓声和笛声撬开

在诵读和祷告的啜泣中

抽出你的灵魂

我多么熟悉恐惧

熟悉困境中的望眼欲穿

何等的软弱

仿佛越过无尽的白

双手抱胸头倾至肩的舞者们

飞翔着腾跃着微笑着

在左手的承恩右手的传递间

相遇在七重的天宇

孔亚的鲁米

绝不是一个鲁米

借着灵魂的绳索

在寥廓苍茫的大地

寻找真境花园

孔亚：土耳其最古老的城市之一。12～13世纪曾为塞尔柱帝国的首都，是土耳其传统的宗教文化中心。

长安的初雪

不是为了告白

话别深秋的离去

千叮万嘱

是我在黑夜中的聆听

一掌推出的世界

是凄凉中的安然

银装素裹

谜底压着谜底

长安城的大雪

像被精心招待过的客人

古老的城墙

是鼎食的长桌

牵肠挂肚的往事

彼此消解彼此辉映

在微凉的午后

幸福就是谜底

我们追逐着纯洁的事物

当家做主

在孤零零的世上

自得其乐

时间一到

问风问雨问交加的恩怨

问长问短问走掉的光阴

我在夕光中轻摇

这一树的白花

一片稍重的落叶

威仪虚假

她骑在枝丫上的模样

苍白而又疲惫

强光刺目

亲爱的

戴上墨镜　然后

离去

这夺目的希望

正是蒙蔽你的黯然

任性的歌唱

隐遁在黑暗中的声音

聚集在敏感的子夜

我是麦芒

是密集的萤虫

是千万只飞旋的鹰

是奔跑的鱼

节制的表情

多么温柔

命定的故事

是归途的跋涉

我是风是九月的白桦

是雷鸣是初秋的第一场雨

藏身的片叶

是飞扬的裙裾

倘若渴望爱情
你就歌唱恋人
那不可企及的暧昧
全凭它的任性

向晚的挥手

站在小小的寂静中

微笑是别样的庄严

你盛装的背影

好像迎面走来的梦

我知道

你是一个流血的诗人

在藤蔓枯萎的冬夜

灵魂浪游

正北的舷窗外

一定有凛冽的风　庞然的云

有忍耐的高度

和不能低悬的翅膀

幽暗的万米长空

是破晓前的狂飙

你从拥抱中挣扎

点燃白日的光阴

晚点的告别

是仁慈的阴谋

在踌躇的挥手间

在赘语的叮咛里

拥抱吧　即使幸福短暂

迷途了然

就算鏖战凶险

哭泣孱弱

相聚的人类

是一个我还是千百个我

一旦喧嚣隐退

翅膀折断

滑翔的

只有矜怜的初见

抽出自身

万物希望翱翔

我却四下踯躅

把一切放在自身

仿佛对重量有所迷恋

为攀登者歌唱吧

为火焰兴奋

为纯洁的关系亲密无间

为时间放缓脚步

需要怎样的表达

才能抽出自身

很多人拥挤着推进

很多人堆积在一起

寸步难行

我从密集中挣脱一切

像踏入某个运数

一丝一缕

是明晰的过往

一盏孤灯

光像水

那不可自救的

都是如此迷人

在放大的喜悦中

微醺的光阴

脚步踉跄

轮廓温柔

巨 石 阵

事物所立之处

是辽阔的索尔兹伯里平原

巨石阵

从威尔特郡的史前开始流浪

浩大的天空

在明亮中高举重负

巨石阵

分开一个虚无

一个新石器的千年

沉思的迷途中

时间总是徐行

谁在昨天遭遇厄运

谁在逃遁中陷入

坍塌的史前

容颜冰冷 褶皱美丽

巨石阵

是道别后的归来

是中了魔法的远方

倘若你在死亡中离去

必要在死亡中复活

巨石阵

在镇定的黄昏前

迎接一只鸟的光临

巨石阵：史前遗址之一，位于英国伦敦西南方向的索尔兹伯里，占地11公顷。

波斯湾的落日

1

清晨的火焰

是波斯湾落霞里的争斗

坠落你灵魂水面的

是梦中的点点帆影

迷失海面的飞鸟

缠绕着我的脖颈

在房子般的心田

平分秋天的忧虑

多渴望朝你那儿迁徙

船只的天空

由光，由烟，由平静的风拥抱

我看着万千霞光

秋日的金黄正在飞速旋转

遥远的远方

远在咫尺远在天涯

远在不绝声声

远在彷徨的孤岛

2

有人向你描述这世界的尽头

因那时间之息的吹拂

因那尘世之火的炽热

喜悦是多么地混沌

金黄色的绸缎

恍然昭示着甜蜜的梦

愿此生的每一滴泪

都是这海的颜色

但是，我们全然孤独

散逸着熏香的芬芳

从清澈的远方

小心地迷着路

一个什么地方

灼热的风裹挟着咸湿

在逝去的文明中

每一位亡者

都因羞愧而哭泣

3

我只是一个流浪者

远远拖着疲惫的脚步

从亚洲到非洲

在无定的光景向晚风问候您好

沉默吧

或者祈祷

我的路绝不是群者之道

我　　受够了幸福

我总是看见悲伤与苦难

那些酸涩的误解

是多么微不足道

如果明日破晓

请与我一起

永恒呜咽的海水啊

在惶恐中等待

那日不落的天真是多么滑稽

我的悲伤之冠

也是你幸福的加冕

马格里布的杜加

马格里布城的西南

有值得赞美的众根之爱

麦浪葡萄还有油橄榄

如若尘世将你遗忘

请赐他无依的流浪

盘桓于万物之上的杀戮

是因诸神的失宠吗

冷凝的笑声在焚毁

在坍塌的杜加

啼唤接着啼唤

历史是一块沉坠的巨石

在不可言喻的刹那

被分割成群山般的残骸

王座　神庙　墓碑还是刻着阳具的

路标

虚空的剧场

全然被自己包围

光线轻无重量

逡巡着梦的葬礼

耽留不散

杜加的神祇

有互保平安的一家

宙斯墨提斯还有他们的女儿雅典娜

在一切足数的死亡中

他们总能幸运地逃离

每一滴泪都认得一片海

穿过斑岩的广场

我看到复活者的群体

伯伯尔人腓尼基人还有罗马人

汪达尔人阿拉伯人还有没有头颅的王

我一直来到国的尽头

有伯伯尔人的努米底亚

迦太基王的马西尔人

有罗马人的马西尼萨还有日耳曼人的汪达尔国

杜加啊

你原是混血的城

声音战胜了旋律

像湍急河面上浪掷的巨响

杜加的命运

在媾和的浴场

一丝不挂

杜加遗址：位于突尼斯西南方向，是北非保存较好的古城之一。1977 年被确认为世界文化遗产。

新年印象

从一个冬天的午后

开始分离　时间流淌

在我的36号鞋码上

爱人　许多年前

没有再犯的脚痒　此刻

像捉迷藏样从每个脚趾间

躲来躲去

出去走走　原来

新年的钟声是从

一场浩劫中开始

精神预付了物质

那些大把大把的钞票

像号码不一的鞋垫

跟随着主人

马 语 者

走过仗马寒蝉的窘境

你也曾轻裘肥马

指鹿为马视浮沉

人困马乏

其实啊　远远不止这些

问羊知马

谁不曾幽暗中渴望充盈

万马齐喑

时间为所欲为

倚马千言的青春啊

驷马难追

攀辕叩马

是催促的光阴

刑马作誓

梦影纷乱

五花杀马

余声自嘲

胡马依风

是不腻的乡愁

一鞍一马

又是牵肠的羁绊

车尘马足

滚滚云烟

生是顽石

死是残屑

而且啊　远远不止这些

在卢克索神庙

多少座荒远的千年

在眉宇肃穆的高堂庙宇

挂满尘埃

无以确定

静卧的底比斯

在世上最长的河与最大的沙漠间

当人面狮身取代羊面狮身

底比斯有了它的新名

卢克索

没有卢克索的埃及

像失去地基的房子

卢克索

是慰藉埃及最至上的宝座

卢克索神庙

是在奥帕特节的

献祭中死去的

拉美西斯二世的六尊法老

血从钉疤里永远地流淌

十四座高大的纸莎草状天柱

像登上人界的王者

它们和平共处互不攀比

作为视觉的美感

也从不东张西望

从北部的亚历山大到南部的阿布辛拜勒

从东边的西奈半岛到西边的希瓦绿洲

从金字塔到方尖碑

埃及的五千年

也是卢克索的五千年

从人类的开始到终结

从惊慌失措到销声匿迹

卢克索的黄金岁月

绝不是静静地耗竭

众神出走的卢克索

每一块石头

都被铁锤敲击过

每一掬黄沙

都在水平地思考

那自身就是奇迹的拉美西斯二世

让卡迭什平原横尸遍野之时

几乎没有多少预感

卢克索的未来

永生都被血腥地描述

卢克索神庙：坐落在开罗以南670多公里处的尼罗河畔，位于古埃及中王国和新王国都城底比斯南半部遗址上。

在古杰兰瓦拉的枪声之后

钟表之外的那个时间

有支离破碎的真相

苦难　污浊和肮脏

卑劣的生活

销尽浮生的残梦

古杰兰瓦拉的正午

是危难　坠落和混乱

断言或者重复

削减着哀伤的重量

一个老人

一个年轻的生命

在毫无分寸的冲动中

双双倒下

古杰兰瓦拉的枪声

让微风沉闷

富有的年长老板

贫贱的纺织男工

像所有给予者和付出者

故事从简单

到不再简单

从金钱到尊严

一把枪

火焰还没照亮

仇恨就已喷发

在奔突的人群中

年轻的生命像冻土的泥浆

在绝望的双眼中

他像意识到某种更大的灾难

结束了自己

这样的故事

比深秋的淫雨更为冰冷

到处是沉默

是笼罩的低吟

在杰纳布河的上游

谁从地上仰望光明

在拉维河的缄默中

谁能闭目安息

在连接两河的运河之上

百草依旧繁茂

黑雀欢呼

惊了一湾碧水

在飘忽不定的彤云中

在远处毗邻的房间里

你们可否听到呻吟的埋怨

我恨的是你又不是你

在狭隘的生命被淹没前

在寒凛的自由被剥夺前

在目送时光逝去的不朽前

用无泪的轻蔑

换回高贵的尊严

古杰兰瓦拉：巴基斯坦东北部旁遮普省的城市。位于拉合尔西北 654 米处，附近有连接杰纳布河与拉维河的灌溉运河。

穆里的清晨

迤逦行远

赞美穆里

童话般的木屋

如梦依稀

可爱的清晨

森林轰响　泉水叮咚

百鸟的弥撒

千回百转

我歌唱自由

让世界迎风向它敞开

也歌唱衰老

让流逝的光阴从容让路

天空

在闪亮的苍翠之上

承载着永恒

虚幻着历史

穆里的线条

是游移不定的地图

在擦亮锈迹的女王行宫

浮露百年风雨

这是大不列颠的避暑天堂

是藏在群山中的一本书

是衣锦还乡的孩子

是含着泪水的相逢

穆里：是巴基斯坦旁遮普和阿扎德·克什米尔交界处的一座山顶小镇，风景秀美，英国人称它为"山之皇后"。英国统治期间，穆里是旁遮普省英国总督的夏都。

萍　聚

在被黑夜催醒的百合中

我与你相遇

沉重的花蕊

静垂在低处

当时文字只是佯装

越过陌生的阴影

字里行间

你侬我侬

我迎接着你

像叶片追随着风

以迟到的金黄

还有备好的微笑

因对树的背叛

我开始全然孤独

畏惧中的紧握

孱弱　　在深处

我梦见许多事

声音分成两瓣

一个在左

一个在右

在预见的相逢中

忧惧的月光

一半天上

一半水里

此刻我看见你

酣睡中戴着王的桂冠

在闪光的远方

不知疲惫

而我　　别无他求

除却诗歌以及骏马

也想在群星逼近的夜空

纠正容颜

无论怎样的停留

这是幸福的萍聚

纯洁的事物

有时疼痛

有时甜蜜

艾尔·杰姆战败的雄狮

1

艾尔·杰姆的黄昏

翻滚成最后的世界

咆哮的鲜血

疯长的欢呼

我看不见你

你看不见我

黑夜是庞然的深渊

仇恨的种子

从伤痕里破茧

你变成我苦中的苦

疲惫于灵魂的瑕疵

2

在非洲的莽原

我是智者是冠冕的王

熠熠的袍服

涨满妄想的天堂

我当始终只是行走

就像年轻的骑士

在最美的彼岸

找寻寂寞的女王

3

我回忆起那为人群而设的陷阱

他们狰狞扭曲

击杀所有的欢乐

我的视线模糊

好像突然滑落黑夜

谁曾宣扬人的高贵

我欲敬畏地仰望天穹

却在不见星辰的幽暗

毗邻的房间有人哭泣

粗鲁的死亡

带走他的同伴

4

鲜血好似浪花

溅在罗马人的嘴脸

在窘境至极的舞台

一物的消亡是万人的涅槃

血腥包围杀戮

生根发芽

在眩晕的角斗场

权力就是黄金织就的神鞭

5

让我走吧

作为一名狮者

我绝不会走入人的世界

幸福在塞伦盖提的树冠

在乡愁的纳米比亚

在南非祖母的叮咛间

在今夜唯一的暮色后

一个无尽的祈盼

要以我对人的胜利

画上句号

6

发烧的人类

以火焰般的速度

猎猎出场

惜别的疼痛

是我

愧意的惊颤

未来与辽远

并不欺骗自己

我无惧人的吠叫

礼让三先

7

无尽的鲜血汇成了河

我看见

摇晃的世界

众神沉重地挥手

时间随后

虚空的天际向着下界

草原

狼烟四起

8

陌生的尘世

无涯地闪亮

何等的光

倒映在我眼中

人兽共居的大地啊

我看见你

一半给了有知

一半给了无知

艾尔·杰姆斗兽场：建于公元前4世纪初，是古罗马帝国在非
洲留下的一座著名的辉煌建筑，世界三大斗兽场之一，也是保
存最完好的古罗马时期的大斗兽场。

每一个声音都有僵持的等待

一段恍惚荡漾了眼中的水

喁喁穿越了清晓

在无人辨识的文字

和低垂的玫瑰间

轻悄自愈

你是自身变化着的光

对不同事物不同地显现

深锁的贞洁

被裹挟在黑暗

温暖地潮湿

行越古老的表达

将潺潺流水连根拔起

在袭击的海面

在绷紧的刹那

铺展我的羞涩

消失在苍茫的远方

几无翕动

所有的形象

冷敷了时间

虚无了伤口

之后

无论一枝还是三朵

香泽的开放

绝不在峭壁

绝不远道而来

近在咫尺的都是岩石

没有一个归来者

疲惫的海

被白色的水还有紫色的风

推向远方

雪的灵魂

1

千钧之重

是从怀疑的天空踉跄而来

薄暮中的乱云

一絮便知深浅

倘若我们都能如水

明日或是此刻

交织的眩晕

又怎会凭空发愿

你挥霍着全部的天性

斗篷的消瘦和无垠的素裹

在白烟的呼吸中

我用冷敷换回宁静

2

水的纠结

是从明晃晃的厮杀中开始

是柳絮是芦花

是吹散的蒲公英或者急骤的雹

点灯才见的血迹

以无瑕掩盖真相

微小的伤口

从针尖里开出花瓣

被爱是消逝

被恨是久长

3

雪的灵魂

是宠溺的水

在欲望里熊熊

在怨念里冰封

假如遗忘是背叛

我愿一生杳无音信

在夜霜变硬的日子

衣着臃肿

4

没有人记得像水一样的你

怎样克服阻力

在高高的冰云之上

面颊薄脆

那时的凛冽

是停留在喉咙与心间上的寒蝉

绝望的灵魂

饱含半世的欲言又止

5

行进中的是一场滂沱的结伴

千军万马的白啊

仿佛将大地围攻

突然限制了无垠

某种疲惫不断陷落

就像云间落下的光

这内部的遭遇

是水的战斗

海的私欲

雪的灵魂

非要走到穷途末路

走到惊世骇俗

6

站在玻璃罩下的透明空间

我有一种不朽的坚韧

在喧嚷的雪仗中

童年　低哮而过

想起牧神的午后

圣吉涅鲁的岛上

大胡子德彪西用蓝用绿

用摧毁万物的风暴

在飞沫中交响海的乐章

7

海依旧是那片海

是藏在心底的温度

是笙歌背后的乘其不备

雪依旧是那场雪

是二元对立的胜负

是窘境之后的十面埋伏

雪的灵魂

上无片瓦下无衣痕

在如水的光阴中

以一身的高洁

洗涤自己的清白

启示近在眼前

说是地狱之手

是怎样的绝望

烈焰在旋涡里发酵

四处都是翻滚的呐喊

说是逝者的渴望

死亡的确虚空

棺椁里想要白昼

从深渊里哭泣

一棵古树

欲求无染的事物

细数鸟鸣的清晨

请求天空的护佑

我播种心中的猜疑

一个腐朽的胸膛

被清澈的晨露淹没

作为一道不竭的泉

苏门答腊的鱼

谁的拇指

荡起一波波涟漪

谁的小孩

像不愿发芽的种子

苏门答腊

一个拗口的名字

有你躲不过的巨浪

有无法辨认的凶手

怎样的母亲

像一条徘徊的虫子

透明的身躯

掩藏着分娩的痛苦

无鳍无齿无鳞的孩子啊

像早产的孤儿

世界的色彩

只是它眼中的一抹黑

我还知道

命运对你的不公

努力活着

只是个月的奢望

我从未想过

渺小的生命

活在腥风酸雨

死在风口浪尖

苏门答腊岛：印度尼西亚西部的一个大型岛屿，世界第六大岛
屿。科学家在该海域发现世界上最小的袖珍鱼，仅有7.9毫米
长，它也是世界上最小的脊椎动物。

飓风之夜

咆哮的飓风像从海底崛起

秒速狂奔的身躯

没有终点

只有沸点

搅动深夜

掀翻大地

像翻身的农奴在高歌

天空　泪如雨下

南中国海上的飓风

驱赶着夜空的流云

脉搏裂碎

房屋颤抖

穿过肢体是紧张的寂静

旋转的合唱

撕裂了狭窄的远方

时间　磨成粉状

不安的空气

弥漫在摇晃的房间

永远属于诸神的自然

我们是如此被动

寂寞在生长

一线清光

散作可爱的雨雾

沿着绿荫的小路

吹着鼓翼的晨风

甜蜜

像行走的小小事物

日内瓦湖边

开满了天竺葵　紫荆

山桃草　碧冬茄

还有枥

成熟的光芒

彼此间用力抚摸

我平展在天空下

看一切怎样变化

用膨胀的诗句

攀升到最深的寂寞里

寂寞在生长

像春的开始

疾走的背影

沉默的罗马

像心怀秘密的男人

在你明亮细瘦的脸上

我看到你发丛里的秋

在褪色的一扇扇石门前

我触摸你的疼痛

你的情人是风

在金色的铜壶旁

悲伤地微笑

你想从历史中隐匿

腾空把自己坐成一尊尊神像

并不仰仗于情节

谁无处拥有一个故乡

谁就处处将故乡梦见

罗马的道路千万条

条条都能走回故乡

在飞鸟徘徊的黄昏后

夜正缓步穿过大地

一个疾走的背影

宛如流放世间的先知

在灰黄的城堡中

锐利地陈述着

预言与寓言

哀歌与牧歌

钟摆的重锤

在它面前　我不安地看到

肉体不过是自然的一场梦

世界是一个瞬间

不要试图望穿

我们从四散的尘埃而来

也以这样的方式互相告别

在时光的河流中

切莫轻信永恒

教堂依旧有些坚硬

存身着死亡和哀伤的钟楼

寒光灼灼

好像神的启示写在天上

瓦伦西亚　上帝与我同在

一个甜蜜的世界降落进你的心

但钟摆的重锤满带决绝

一切　破碎成片

瓦伦西亚：西班牙第三大城市，第二大海港，号称欧洲的"阳
光城"，位于西班牙东南部。

识别故友是一种本能

久未联系的姚维

当你看到这首诗

说明我在想你

声响和气味

是思念的唯一入口

我甚至感到羞愧

是什么让我们隐匿地活着

在异乡的空气里

沉陷在对自己的判决里

二十年前甚至更久

像去往一个始终温暖的国

往返在京津两地的列车上

我对一个春日的回忆

是绿色的月亮

是月亮下的魏晋玄学和才情之辩

马蹄湖畔的夏荷

渤海之滨的碧水

还有我们深爱的乌鲁木齐

迷乱的映像隐去又显现

悲伤的言语

从斯堪的纳维亚半岛的夜漂洋过海

作为饱读经典的哲学教授

你在瑞典的清幽里抑郁

恍然是宿命

一切之后，就是结束

在堆满书本的客厅

你在黄昏中疲惫地微笑

二十年逝去

我们依旧没有联络

我们无法像石头一样

各奔东西

沉默在深处赢得了执念

识别故友是种本能

喝一杯苦咖啡

总是再一次需要拥有一个存在

其中

咖啡是一样的

她不得不慢慢穿过的芬芳

再次弥漫在此刻

喜欢在静静俯视的阴影里

像唯一的演员

看那些布景

亮蓝窗上柔嫩敞开的植物

光芒几乎致命地将她击中

虽然它是如此微弱　洁白

像是无辜遇到悲伤的地方

缝隙处断落

喝一杯苦咖啡

这是一面镜子

反映出缺席

她握着曾经的微笑

回忆温德米尔湖

坎布里亚郡的初冬

有一片温暖而纯净的蔚蓝

天鹅　水鸭　海鸥还有皮划艇

目光从山谷逐渐上移

言说那些失去的湖畔诗人

这是华兹华斯孤独之中的福祉

是济慈没入虚无的世界沿岸

是波特小姐彼得兔犯错的温柔乡

也是我和友人的自由之旅

温德米尔湖

森林发光　舟楫颔首

在昆布连山绝美的冰谷中

拖着细长的尾巴

我回忆起那金色的森林

鲍内斯渡口爬满石屋的常春藤　秋千木椅

大理石壁炉　还有韦奇伍德的陶

一切都像破晓前的梦象

不经意浮在心上

向天使赞美世界吧

在以逝为生的事物中

一旦行走

就永恒地行走

坎布里亚郡：位于英格兰西北端，建于1974年，是英格兰的一个郡，首府卡莱尔。

济慈：19世纪初期英国诗人，浪漫派的主要成员，与雪莱、拜伦齐名，被推崇为欧洲浪漫主义运动的代表。

波特小姐：毕翠克丝·波特，维多利亚时代的女作家，著名童话《彼得兔》的创作者。

鲍内斯渡口：位于英格兰坎布里亚郡湖区的南部。鲍内斯是湖区重要的观光城镇。

平分夜色

我停下时有个念头闪现

好像琴弦深沉的曲调

把我紧紧拥抱

是一个节奏的颤抖

她像往常一样坐着饮茶

偶尔读两首诗

发现几片遗忘在书中的秋叶

远比初开的繁花更美

家是孤寂的庭院

一道几里路长的光

平分夜色

肃静　僵硬　清凉　悸动

我凝视着明月

白色的

而白色不是颜色

是一捆收拢的云

我已渴望得疲惫

我已爱得厌倦

在她浓浓睫毛的阴影下

每一瞥都饱含深深的忧愁

每个句子都像一段碑文

多想长梦不醒

让一切变得微不足道

用沉重的沉默

压垮最后的柔嫩

每当我用诗歌写你

流逝的语言

总是明亮而清瘦

阴影稀微

灯光漫行在无数个夜晚

照亮着攀升的沉寂

先于疼痛的种种预感

无际飘垂

十一月铺满了通往过去的陷阱

没有什么比悲伤更不守时的了

它从不保留约会

整夜蒙住额头

在发光的轮廓里

一条路

犹如都塔尔琴上的某根弦

双脚贴着地面

谛听足音

两个妇人走来

一个手执柳筐一个怀抱幼儿

在小巷弯弯曲曲的线圈里

走得摇摇晃晃

阳光也是磕磕绊绊撞进来

不能舒展的光的容颜

阴晴不定

一会儿黑脸　一会儿白脸

阴影默不作声

它以温顺的脚步跟在光的身后

将心中所想之事暗示给赭色的泥墙　雕花的门

还有颤颤结果的丹若树

吾斯塘博依老街的千年深处

一切充满低语不息的神谕

当一道内敛的光飞向我时

未遂的满足几秒结成顿悟

眼中满是盈盈泪水

啊　多情的都塔尔

您的琴上若是只有一根弦索

请让我也加上一根

吾斯塘博依老街：千年古街，位于新疆喀什市，古疏勒国的王
宫所在地。以悠久的历史和制作、销售维吾尔族传统手工艺品
而闻名于世。

置身知情者之中

雨水在滴答中发出咽气声

听觉变得敏锐

有人在走

若干日子的时刻都是这样

寂静额头上的清凉

不断纯粹交换的世界空间

成长着我辽阔的天性

从带着气味的城垣

一切啊　一切仿佛都已发生

看见脚下湿润的石板路

无数银光颤动

什么在悄然沉落

作为沉默者在自白

好似这陌生国度的永居者

保持孤寂

在时间里紧闭家门

洗褪的街道

匆匆走过一把伞

在静静俯视的阴影里

我将置身知情者之中

马德里的春天

伴着填满的事物

没有乡愁

光闪如水

许多日子我曾温存服侍过

给我闲暇

让我描绘一个去处

雕文刻镂的喀什噶尔

喧哗是一种禁忌

时值八月

热风中浮漾着无花果淡若游丝的甜香

前廊炕台的墙围

戳印着波德莱尔钟爱的藤蔓

囚禁着库木代尔瓦扎路上的陈年气味

有洋葱　胡椒还有未婚的羔羊奶香

在米绸色地毯的幻影之上

胆怯的绿叶光润摇颤

光从漏窗的透雕处扇动纤翼

进入终年不退的暗影中

它们安然徐行

互揽腰肢

一切对我尤非结束

辨不出什么在上升什么在下沉

一双眼睛为此做证

许多日子我曾温存服侍过

喀什噶尔：是维吾尔语的音译，表示玉石汇集的地方、玉石之城。简称喀什。

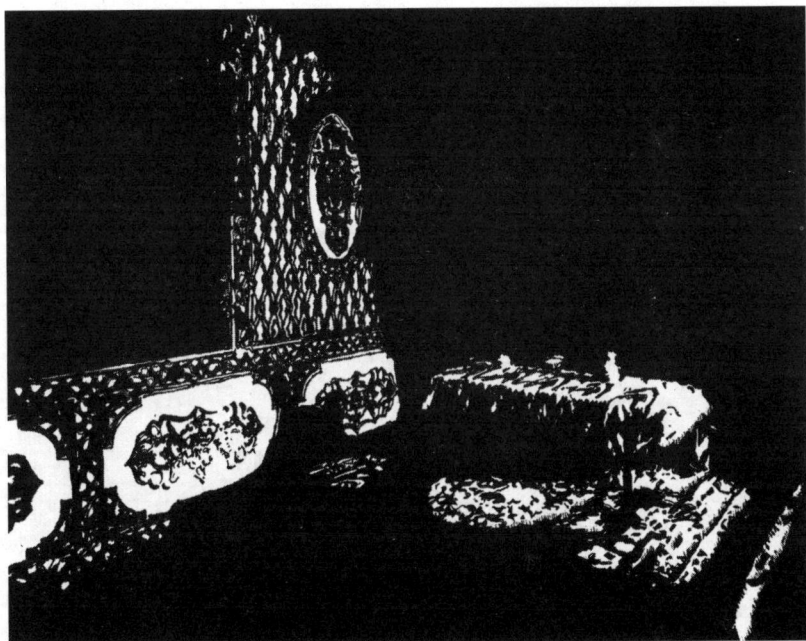

对古勒鲁克乡的记忆

就这般在他们中间穿行

仿佛我年幼时就曾到过这里

稀疏的集市泛着含愁的清晖

兀立的胡杨也在为未知的迷茫指示方向

北边　农用拖拉机卸下最后一车伽师瓜

东边　热馕的香气能量旋转着爆发

这世界　是你的故土还是你的家

古勒鲁克乡　在克孜河的下游苦咸地沉默

多少年过去

世界自己寻路向你走来

想起荒滩　骆驼刺　红柳还有风与水混杂的声响

古勒鲁克乡　你可心生不解与困惑

无名日子的感触攀缘在我心上

正像寡独黄昏的雨与雾

我注视着手中的画笔

纯洁的简朴的沉默之物

逡巡在二十年前甚至更久远的记忆中

把心中的你们都写在甜柔的韵律里

在通宵的寂静里

等待它的意义

古勒鲁克乡："古勒鲁克"，维吾尔语，意为花多的地方。该乡
隶属于喀什地区伽师县。

纵然世界疾速

我出门游览牙甫泉镇的巴扎村

掷掉手中的画笔还有发黄的老照片

暂且忘记时过境迁

曾经是沙枣花开白杨林立的故土

也不记得独自慢行还是乘坐一辆旧摩的

我低吟诗行　斟酌字句

在听不清的喁喁低语间

泪花宛如繁星　颗颗闪烁

往昔飘浮到我生命里的阴云

以自身痛苦的色彩

在我抵达青春的终点

逶迤地步入夕阳下的天空

我深深念想的一切

在朦胧的清晨

六月的牙甫泉巴扎

许多人对收成议论纷纷

哲人说　全是理智的心

恰如一柄双面锋刃的刀

蹄声嗒嗒

坎坷中踩响一天的心愿

鸡没锁骨　赶巴扎没有请帖

从身后涌来的远不止人潮

骆驼　骏马还有八方走来的牛羊

他们容颜俊美　袍服闪亮

买卖的喧哗淹没了沉默中的悲鸣

是众人的口福抑或负重的传奇

且让我在今日真实地活着

一如让我明日真实地死去

缄口不言的生灵啊

你是作为悲伤暗示这借来的云雾人生

还是以奉献告知我生命的真谛

请暂且忘记我　若是我忘记自己

牙甫泉镇："牙甫泉"，维吾尔语，意为覆盖。该镇地处喀什疏
勒县东南部，塔里木盆地西缘，克孜河冲积平原上。

以迟疑的画笔描绘着

1

远眺昔日

萦绕语言的寂静远比画面深情

清晰而被偏爱的一隅

是喀拉喀什河西侧的墨玉小县

我无法向你讲述

这片陌土上的第一抹玫瑰色清晖

我能给你的

是比斯芬克斯秘密更难忘的瞬间

2

当美玉　桑皮纸　艾德莱斯绸离开故土时

巴扎最闪烁的高光照亮了

杏子　蟠桃　石榴　大枣还有喀瓦克乡的无核白

满目的丰饶是低吟的颂歌

轻悄的祝福穿过夏末的集市

向每一个躬耕大地的人问好

间或凭借一丝丝微笑

愿幸运和财富并肩结伴

3

站在赶集人潮的中央

我像走进剧院的孩子

时钟行着细碎的脚步

催促迟到的开幕

等待是一个小小的幻想花园

沉浮在世间无常的恩宠中

或开花结果

或一无所获

4

恍若天空一直戴着它的面具

被谁惹恼　忍而不发

当倔强的心门爆开时

狂风漫卷　飞沙走石

在道路铺就的地方

我迷失了道路

喧哗　失望　沉默还有迟疑

时间是怎样安慰我们呢

5

一无所为

时间静默地流逝

你生命里游荡的一切

永恒地相互拥抱……

萎垂在尘土中的赶集人

像一棵棵愁苦的胡杨木

世界仿佛空无所有

气喘吁吁在幸福的奔跑之后

墨玉县：1919年置县，是新疆和田地区下辖县。

喀瓦克乡：地处墨玉县北，素有"无核白葡萄之乡"的美誉。

暗 想

有没有这样的暗想

在我们这个年纪

没有多少时间可用于悲伤

都是借宿的游子　走了又去

避免那些思考却总是大声提神的人

剥夺别人幸福否则无法成就幸福者

看看那些自大的家伙

多年后都像桃子一样日渐缩小

那些曾经伤透你心的

如今拐杖扭曲了背影

那不可一世的

早晚也在树底堆肥

你抱着的孩子早已长大

废弃的玩具堆成了城堡

从那你渴望的内心

恍惚间看到母亲痛苦的泪

静静地坐下吧　我的灵魂

你扬起的微尘正在及腰

这黑夜许多事物飞向永恒

就像枕头成为石头

后 | 记

这本诗集被我拖了三年有余。

其间，我的责编姚宏越老师给了我足够的包容和耐心。对这本书，我是不安且有些许遗憾。

好在，这些文字都是我从自身生活中攫取而来，无论好坏，倏忽巡弋，它们总算记录和表达了我多年生活中一些所遇所想、感受和状态。

幸福简单不过，因为我可以用文字来表达。虽然，这表达不能言尽，也不尽完美。

感谢我的一点绘画基础，我常试图通过绘画来抓住那些闯进我生活中神秘而深层的东西。尤其用黑白色彩表达时，我会情不自禁遁入其中。

这本诗集中，我贸然为多首诗歌创作了插图。文字和绘画，是这本诗集的互相补给。就像诗歌于我，是生活的补给。

我想，当一个写作者专注内心，持续地自查和吐纳，在文字的幸福中，她就一定能切切地感受那些失而复得的东西。那是一种多么美妙的体验。

多年的异国旅行，我的心里装满了故事和许多沉甸甸的东西。是啊，数不完的照片，几大本的田野考察笔记，数万字的文字记录……时隔多年依然鲜活。这是生活给我的万般考验和恩泽啊。

之后这些年，因工作和生活的重心变化，我始终没能静下心来整理。

诗集中收录了一些很早时期的作品，读来生涩，却不忍割去。

2017年，和我交往三十多年的闺蜜王静女士将我四年又十个月的微信记录自行编辑印刷成四册微信书，着实给了我巨大的意外和惊喜。这件事，也让我第一次认真考虑应该将这些年所写所画整理结集。

也算我对生活的一份澄清吧。

在春风文艺出版社的帮助下，我实现心愿的时刻如期而至。这本书，在初稿定稿时，因时间迫切，受恩于诸多友人。

诗人李东海先生、作家曹新玲女士分别参与了诗歌的前期筛选。他们是我多年的良师益友。

发小金霞协助了图片的拷贝。至亲闺蜜王静最是辛苦，多日熬夜为我一次次反复编辑校对和分排插图。

当然，最应感谢的是文学大家周涛老师，他至简精准的序言直抵我心，为诗集增辉。

绕不过去的好友朱维彬，他是我国当代艺术的一位源头性人物，职业艺术家。在我创作这些黑白插画时，得到了他不断的激励。

　　不再赘言的还有多年来几位恩师加好友，正是他们的提携与敦促让我不忘初心。

　　事实上，我最幸运拥有对我无怨的家人，尤其是母亲，没有她的疼爱，我不可能有说走就走的潇洒旅程。

　　被爱充盈，在爱中成长，我如何都要努力让更多的爱开满更大的心园。

岩　凌

2022年11月7日于厦门

图书在版编目（CIP）数据

时间从不留下倒影/哈岩凌著. —沈阳：春风文
艺出版社，2023.7（2024.8重印）
ISBN 978 - 7 - 5313 - 5788 - 9

Ⅰ.①时… Ⅱ.①哈… Ⅲ.①诗集—中国—当代
Ⅳ.①I227

中国版本图书馆CIP数据核字（2020）第058030号

北方联合出版传媒（集团）股份有限公司
春风文艺出版社出版发行
沈阳市和平区十一纬路25号　邮编：110003
永清县晔盛亚胶印有限公司印刷

责任编辑：姚宏越　　　　　　责任校对：陈　杰
封面设计：哈岩凌　　　　　　幅面尺寸：145mm × 210mm
字　　数：117千字　　　　　印　　张：6.75
版　　次：2023年7月第1版　印　　次：2024年8月第2次
书　　号：ISBN　978-7-5313-5788-9
定　　价：60.00元